신계원
시집

영광, 나의 어워즈

KB193336

신계원
시집

도서
출판 북인

2024

바람이 분다
산들바람이 건들바람 한 줄기 몰고 와
가뭇한 기억 하나 풀어놓고,
바람의 연주와 고추잠자리 군무로
틀 속에 갇힌 신경다발을 희롱한다
그러나 괜찮다
꽃만 보면 아이가 되는 내게도 꽃철이 있었다
각양각색의 꽃등을 보며 내 속엔 언제나 꽃이 만발했
었다
어느 가을, 또 다른 꽃봉오리가 피어오를 즈음
아스팔트에 타르처럼 굳어버린 몸을
바람이 간섭했다
바람이 좋아 바람의 손을 잡고 바람이 이끄는 대로 끌
려다니며
내 심연은 단풍잎처럼 곱게 물들어갔다
이제 흔들리지 않는다
바닥에 동댕이쳐진 몸은 뜨겁게 여무는 들녘처럼 붉
게 타올라
영근 언어가 손이 되고 발이 되고 소리가 되어

감사 짙은 노래를 한다
더 행복한 삶을 위해 이제 얼었던 혈관을 풀고
나의 봄에도 다시 꽃이 피어나길 바라며
고요한 그 아침을 깨운다

2024년 10월
신계원

차례

1부

흔들린다

살아 있는 모든 것은 다 흔들린다
상처가 덧나 마음이 흔들린다
그 상처가 육신을 망가뜨린다
흔들리고 싶지 않아 독감예방주사를 맞았다
퇴근길의 도로는 화려하다
하늘을 올려다본다
상현달이 물끄러미 나를 본다
걱정 마, 괜찮을 거야 위로하는 듯하다
사람에 흔들리고
환경에 흔들리고
스치는 바람에도 흔들린다
설익은 벼 같은 나
땅보다 두꺼운 욕심을 끌어안고 버둥대는 나
나그네 삶의 길목에서 굴러다니는 나를 비관하는 나
두 손을 모으고 눈을 감는다
나도 알지 못하는 내 안의 소리가 하늘로 오른다
쭉정이 삶이 아니길 간절히 눈감는다
살아 있는 모든 것은 다 흔들린다
수없이 휠체어도 흔들린다

고장난 손

이 손을 지켜주소서

곱고 아름다운 손으로
좋은 것을 잡는 것보다
거칠고 못난 손일지라도
여리고 작은 풀꽃을 쓰다듬게 하시고

힘 있고 강한 손으로
자신만의 일을 척척해내기보다
작고 연약한 손일지라도
상처 입고 더러워진 발을 씻게 하소서

비록 몸이 고장나 연약하여
그릇된 일을 행할지라도
닿는 곳마다 살피시고

세파에 부대끼며 쓸려왔던 손이
지친 어깨와 야윈 가슴 위에 올려놓을 때
가장 따뜻한 손이 되게 하소서

어두운 방에 두 손을 모을 때
가장 거룩한 기도의 손 되게 하소서

영광, 나의 어워즈

코로나와 치매와 장애와 스트레스가 깊숙이 뿌리내린 밭에,
30대에 띄우지 못한 봉우리에 꽃이 피었다

무거운 터널을 뚫고 빛으로 새로이 거듭난 야생이
'코로나도 무섭지 않은 우리들의 이야기'로 대상을 차지했다
하여 감사를 담아 특이한 시상식을 계획하고,
연말 인생 대상을 수여한다
먼저
1. 38년간 희로애락을 함께한 시어머니께 요양원에 잘 적응하라고 소망상을
2. 장애 아내와 치매 엄마를 섬기며 버팀목이 되어준 남편에게 든든상을
3. 돌짝 밭에서도 바르게 성장해준 두 아들에게 듬직상을
4. 좋은 방향으로 내비게이션이 되는 형제에게 우애상을
5. 손발이 되는 활동지원사에게 열심상과 성실상을
6. 공동체 안에서 함께한 동료들에게 합동 베스트 커

플상을

7. 신앙으로 빛과 소금 역할을 해준 믿음의 스승에게 소금상을

8. 추억으로 숨쉬게 하는 친구에게 우정상을

9. 100일 프로젝트 성경 통독에 참여한 극동방송님께 개근상을

10. 하나님을 더 가까이하라는 김장환 이사장님께 건강상을

11. 포도나무 예수님께 가지로 딱 붙어 있는 내게 참포도나무상을

12. 여기까지 인도하신 에벤에셀 하나님께 영광의 대상을

이상 12분께 축복의 상을 수여합니다

그 외 독특한 상은
나눔의 은사를 가진 공주님
크리넥스를 엄마 삼아 사역하는 내 친구 박선향 사모
의리상을 받기에 합당한 이경순 윤유정
이상 주님의 계획 속에 있는 걸작품, 숨은 보석
대상을 수상한 하나님께 영광을 돌립니다

해당화

달빛 머금은
꽃잎처럼 초연한

심장박동 소리 들으며
품에 잠든 별

밤이면 찾아든
허공의 음률

홀연히 피었다
지고 마는

해당화

당신은 나의 위대한
캣츠비

어머니!

똥꼬가

똥꼬가 카아네이션 편지를 내민다

낳아주고 길러줘서 고맙다고
죽을 수밖에 없는 사고에서 살아나줘 고맙다고
밥 한 주걱 퍼주지 못해도 고맙다고
웃으며 "아들" 불러줘 고맙다고
비록 바퀴로지만 곁에 있어줘 고맙다고

똥꼬가 카아네이션 꽃 되어 가슴에 기댄다

내 아들로 태어나줘서 고맙다
딸처럼 곰살 맞게 굴어서 고맙다
장애인 엄마를 귀찮게 여기지 않아 고맙다
영감탱이 같은 너그러움으로 대해줘 고맙다
아버지 아내 노릇해줘서 고맙다
모든 게 얼마나 힘겨웠을까
그래도 내색하지 않고 웃어줘 정말 고맙다
엄마가 너의 딸 같다는 생각에 또 고맙다

똥꼬가 가슴에서 하트로 웃는다

설렌다

휘—익 휙
철—썩 쏴—
시퍼런 절규가 쏟아져 넘실넘실 밀려온다
찬 마음이 따라 요동친다
흔들리고 싶지 않다
밤의 틈새로 들어온 차디찬 공기
검붉은 기억을
다시 바다 속에 묻는다

바다에 흩어진 삶들이 깨어날 때
얼굴을 쑥 내밀며 솟아오른 불덩이
찬란하게 떠오른 햇덩이 앞에
눈이 번쩍 뜨인다
오감이 용솟음친다
화롯불처럼 후끈후끈 달아오른다
뜨겁다

폭풍우가 걷히고
먹구름이 새벽이슬처럼 사라진다
마음이 밝아진다

인생의 파도가 거칠게 출렁이고
그리움이 하얗게 일어설 때
나는 희망을 품은 태양처럼
아침처럼 흰 빛으로 살아나
둥근 바퀴를 가뿐하게 굴린다

특별한 바캉스

약간의 긴장과 설렘으로 문을 연다
알 수 없는 춤사위
허공을 치받는 소리
흩날리는 머리카락
보였다 왔다갔다 오락가락
겨울 같은 여름이 나를 맞는다

땀방울 하나 내놓지 않는 내 살갗처럼
답답하다 아우성치는 뇌세포
괜찮아 나도 우리도 다 그래
단톡방에서 다독이는 언어들이
토닥토닥 생각의 방으로 들어온다

약하지만 강한
느리지만 성실한
안 되는 것도 가능케 하는
친구들
나무늘보 거북이 달팽이들의
착한 격려가 머리를 시원케 한다

바캉스가 별건가
여기가 오아시스인 것을
느림의 미학이
살맛나게 하는 것을
춤추게 하는 것을

침묵은 통증을 이겼다

육이 병동,
기억이 가물가물하다 사방을 둘러봐도 죽음의 골짝뿐
어디를 가야 할지 목울대까지 슬픔으로 가득 찼다 붉은
고무호스를 통과한 억새 같은 숨소리가 목구멍에서 쏟
아지고 병실 안은 어둠에 억눌렸다

하루,
삶의 문턱에서 그리움을 외쳤다 힘주어 잡은 아들의
손 눈에 담은 아들의 미소가 희미해졌다 흰 가운들이 흐
릿흐릿하고 슬픔으로 잠들었다

이틀,
어둠에 눌린 병실 안은 고통이었다 무서웠다 겨와 같
은 몸 멍텅구리가 된 마음 나는 침묵이었다

사흘,
고열과 실랑이하는 밤이었다 자꾸만 높아지는 체온은
낯선 얼굴 낯선 목소리를 불러왔다 어수선과 분주가 눈
을 뒤집는 풍경 얼음주머니가 주렁주렁 온몸에 피어오
르는 열기 고열과 싸움은 전투였다 서서히 어둠이 걷히

듯 살아나는 나 다시 침묵이었다

  나흘,
  체온이 하강했다 몸속으로 파고드는 통증, 통증 침묵
은 통증을 이겨야 했다 밤이면 너울로 나를 잡아 흔드는
악몽 다시 어둠의 문턱에서 서성거리는 나

  닷새,
  금식이 풀리고 말초신경을 자극했다 온기가 혈관을
타고 흘렀다 아직 목구멍은 쓴 뿌리다 거울 속에 비친 내
모습 거울은 웃지 않았다 거울마저 침묵했다

  엿새,
  묵묵했다 주머니를 떼고 날개짓했다 연습에 연습을
했다 거듭나기 위해 침묵 연습을 반복하고 또 반복했다

  이레,
  잡념이 걷히고 아침을 맞았다 창문 틈새로 햇살이 실
바람을 타고 들어왔다 따스함이 마음 가득 채워졌다

여드레,

아들 손에 내 손을 포갠다 아들 닮은 태양이 내 가슴
가득 고스란히 떴다 아들이 웃는다 나도 웃는다

초대된 풍경

초대된 어린 풍경들 나를 끌고 줄다리기를 한다 교정 안에서 하얀 손수건이 연신 코를 훌쩍인다 진달래 붉게 물든 봄소풍 높고 푸른 가을운동회 파란 띠 하얀 띠가 하늘 높이 아우성이다 바다처럼 넓고 푸른 그날은 우리들만의 잔치였다 교실에서는 솔방울과 장작개비로 조개탄 난로를 피웠다 난로 위에 올려진 도시락이 불꽃 경쟁을 한다 노란 추억이 익어갈 때쯤 운동장에서는 옹기종기 모인 오재미 공기놀이가 하늘 자궁 문을 연다 고무줄놀이 말뚝박기 놀이도 햇빛웃음을 불러 모았다 아련히 떠오르는 풍경들 교정 가득 흐르는 선생님의 잔잔한 미소 하늘을 가르는 고사리손 학교로 향하는 논두렁길… 바글바글 웃음소리 나는 추억을 그려넣고 또 추억을 덧칠해본다

나만의 꽃이 만개하는 꿈을 꾸며 부산히 그 길을 따라 간다

지친 하루

현관에 흐트러진 신발들
피곤에 지쳐 있다

수고했어
수고했어
토닥인다

내일도 투정하지 말고
도와줄래

다음날 그 다음날도
함께 동행해줄래

네가 있어 든든해

젖는다

비가 내린다
거무죽죽한 하늘이 저벅저벅 걸어온다
단풍잎에 매달린 빗방울
나처럼 아슬아슬하다
시리고 서럽고 쌀쌀하다
바퀴 길 따라 뒹구는 나뭇잎에서
나를 읽는다
찢기고 짓이겨진 나뭇잎 같은 나
잃어버린 흔적 찾아
사각사각
미안함을 적는다
가을이 젖는다

쪽빛 시간을 타고

흙 돌담 너머에는
수줍은 아이의 볼처럼 붉어진 앵두가 탐스럽게 익어
가고
감추다 감추다 못해 터져나온 석류 알처럼 열아홉 순
정이 있다

햇살 한 줌에 감격하고
살랑거리는 실바람에도 파문이 일어났다
바람은 바람대로 풀잎은 풀잎대로 우리는 우리대로
해맑은 아이의 웃음처럼 싱그러운 선율이 울려퍼졌다

빛의 알갱이가
아지랑이 속에 재롱을 부리면 덩달아 깔깔대고
이야기꽃 눈 틔우다 별빛이 쏟아지면
아름다운 별이 되어 자장가처럼 노래를 불렀다

때로는…
때로는 풋풋한 미소로
늘 부족하다고 투덜대는 하루를 보냈다
물오른 연둣빛 추억들이 방울방울 흩어진다

해질녘

피로할 줄 모르는 태양을 바라보며

그 넘어 추억이 나를 두드리면

나는 구름 위에 떠 있는 쪽빛 시간을 타고 추억의 노를

젓는다

나뭇잎 같은 나

바람이 세차다
바람에 부서진 나뭇잎 하나
모양이 괴이하다
저 괴이한 모양 속에
나무가 숨쉬고 있다

내 모습이다
부서지고
망가지고
깨진 몸
내 몸속에서
처절히 울던
또 하나의 내가
빛을 만났다
산산이 부서진 육신에
산산이 부서진
빛이 들어와
나 같은 사람의 손을 잡고
나보다 더한 사람의 말을 들어주고
나보다 더 더한 사람을 안아주는

저 나뭇잎 같은 나
내 안에 사랑이 자란다

환희

우리 집 베란다를 통해 계절이 바뀌고 있음을 안다 이 곳은 유일한 나만의 공간이다 겨울의 끝자락에 선 오후 한나절 창 밖에는 눈이 내리고 간신이 버티고 선 꽃대 하나 긴 밤 얼마나 무섭고 추위에 떨었을지 아침에 일어나 꽃대에게 안부를 묻고 햇살에게 미소를 건넨다 꿋꿋하게 잘 버텨준 네가 참으로 고맙다 생사의 기로에서 잘 버텨준 화초 나는 아주 많이 늦었지만 늦지 않았다는 것을 알고 있다 머지않아 봄의 화신들이 아름다움을 과시하며 뭇 별들을 유혹할 것이다 살며시 실눈 뜨고 앙증맞게 윙크를 보내는 포도나무 밀감나무에 세든 하얀 꽃망울이 덩달아 고개를 내민다 군자난 사랑초 다육이 사랑스러운 것들 다들 뒤질세라 분단장을 하는 중이다 나는 콧노래로 화답하고 몸을 푼 화초들과 열애 중이다

2부

너와 나 우리는

옷을 두 번이나 갈아입히고 나서
알았다
아스팔트를 구르며 꿈 찾기에 이십여 년
군데군데 벗겨진 속살은
내 대신 욕창이 심했다
혼자 이겨낼 수 없을 때
감당할 수 없는 시련이 올 때
받쳐주고 안아주고
묵묵히 무거운 삶을 함께했다
아들처럼 애인처럼 친구처럼
손과 발 되어준 너
너의 장점은 침묵에 침묵이다
나는 너에게 행복을 빚진 사람
더 많이 기대고 더 많이 의지하는 숨은 사람
고맙고 고맙고 고맙다

글을 쓰며 나를 치유한다

느닷없는 사고로 인해 몸은 돌덩이가 되었고, 어린 아들 생각에 전투적인 재활을 했으나 회복불가 판정을 받고 장애의 삶이 시작됐다.

해가 바뀌고 바뀐 어느 해, 장성한 아들이 나라의 부름을 받게 되자, 손가락 하나 까닥 못하는 어미는 통증 하나를 더 끌어안아야 했다. 아들과의 소통은 오직 편지뿐, 컴퓨터 보조기 잡는 재활을 시작했다. 자식을 향한 간절함이 하늘에 상달되었는지 한숨은 기도로 바뀌고, 눈물은 단비가 되어 두 달 만에 마우스 움직이는데 성공! 더디고 더디지만 자판을 하나하나 두드리며 사랑 싹을 틔워갔다.

'노력하면 안 되는 일이 없다'는 것을 오롯이 새기고, 하루라도 글을 쓰지 않으면 욕창이 생긴다는 각오로 글을 쓰고 또 쓰면서 생각과 마음을 표출했다. 비록, 하루 아침에 바닥까지 가난해진 삶이 되었지만, 나는 더 이상 슬퍼하지 않는다. 삶이 나를 속일지라도 결코 슬퍼하지 않는다.

일흔다섯에 아카데미 여우조연상을 받은 윤여정 배우가 '인생은 버티는 것, 묵묵히 버티니 빛나는 순간이 찾아왔다'고 한 것처럼 나 역시 황혼의 나이가 되었다. 나는 이십 년간 버티고 견뎌낸 그 고뇌를 아름다움으로 승화시키고 싶다.

매일매일 꿈을 꾼다. 나를 포장하지 않고 살다보면, 믿음의 길 거스르지 않고 가다보면, 반드시 빛나는 순간이 찾아오리라 믿고 주어진 문장을 한 줄 한 줄 담아내고 있다. 좀처럼 채워지지 않는 공허함 속에 좌절감과 무력감도 있지만 나는 엄마와의 약속을 지키기 위해 글을 쓴다. 그리고 글을 쓰면서 마음을 치유하고 있다.

동그라미

보름달을 바라보다
동그라미 하나를 크게 그린다
코로나19와 치매 걸린 어머니가
동그라미 안에 쏙 들어간다
놀란 가슴을 쓸어내린다
그래, 웃자 이왕 겪어야 할 거면 활짝 웃자
힘들고 지칠수록
아픔이 더 많아질수록
더 크게 더 많이 웃자
다시 동그라미를 그린다
두려움 공포 슬픔 원망이
동그라미 속으로 잽싸게 들어간다

여전히 불안하고
여전히 막연해
동그라미 동그라미 동그라미만 그리고 또 그린다
근심 걱정이 많은 만큼 동그라미 수는 많아진다
늘어난 개수만큼 바람도 커진다
동그라미 하나를 더 그린다
믿음을 깊숙이 넣는다

하늘은 고요하고 평화롭기만 하다
평범했던 일상이 감사했던 삶이
달빛에 별빛에 조명되어 유유히 흐르고 있다

아침에 눈을 뜨자마자
소망의 동그라미를 그리런다
기도하련다
공의로운 아침 해의 치유하는 손길을 느끼런다
건강한 가정을 만들어가는 치유사로 맞으런다
가장 평범한 평화를 즐기런다

무거운 발걸음

빛이 쏟아진다
빛은 토끼풀이 되고 민들레가 되고
잣나무가 된다

또 빛이 내려앉는다
넝쿨장미 앞에서 빛을 잡는다
엄마다 엄마의 냄새다
하늘에서 꽃구경 나오신 엄마와 눈 맞춤한다
빛 한 바가지 머금고 활짝 웃는다
오늘 일을 일러바친다
이미 다 읽고 다 알고 있단다
배우지 못해 글은 못 읽어도
마음만큼은 잘 읽는단다

잘했다 잘했다
감미로운 칭찬이 송이송이 피어난다
엄마의 젖가슴을 만지듯 꽃잎을 어루만진다
엄마의 사랑은 여전히 뜨겁다
수요일 아침
또 빛이 땅에 내려온다

무거운 바퀴가 무겁지 않다
민들레 씨앗으로 날아간다

코로나야, 나 좀 살자

나는 경추장애인/ 나는 경추가 싫다/ 어른도 아이도 아닌/ 그 어떤 것 하나 제대로 안 되는/ 갓난아이 같은/ 그런 내가 정말 싫다/ 달리기도 그림도 잘 그리던 원이/ 기억력도 끝내주던 원이는/ 어디로 가버렸는지/ 알 수 없다/ 도대체 알 수가 없다//

홍수에 휩쓸려 가버렸나?
구름에 실려 가버렸나?
먼지처럼 흩어져버렸나?
보이지 않는다
도무지 찾을 수 없다

마음을 종잡을 수 없다/ 희망에 속아 따라가야 하는데/ 자꾸 절망에 속아 안 되면 비관하고/ 스스로 수렁에 빠지고 만다/ 오늘도 나는 나한테 속고 말았다/ 동혁씨처럼 시를 잘 쓰고 싶고/ 쌤처럼 헌혈도 하고 싶고/ 인숙씨처럼 바리스타도 배우고 싶고/ 회원들이랑 카페도 가고 싶은데/ 왜 하필 경추장애인가/ 그래서 경추가 더 싫은 오늘이다/ 나도 다른 장애였더라면/ 엉덩이도 호흡도 머리도/ 마음껏 부려먹을 텐데/ 장애인 20%DC 분위기

짱/ 영미가 자랑질이다/ 부럽다 부럽다 약 올라 미치게
부럽다/ 이전으로 돌아갈 순 없을까/ 해처럼/ 달처럼/
그렇게 살 수는 없을까/ 욕심이 나를 짓누른다/ 아니다
그냥 단순하자/ 아직은 희망으로 통하는 길이/ 남아 있
을 것이다/ 굳은 뜻으로 이루지 못할 일은 없다/ 그냥저
냥 감사하자// 코로나야 이제 그만 떠나주면 안 되겠니/
너라도 나 좀 봐주라/ 숨 좀 쉬고 살자/ 경추 좀 살자//

하늘이와 나눈 애틋함 1

행복한 아침, 그분을 만나러 룰루랄라 대문을 나섰다. 코로나19로 인해 마스크 착용이 필수가 되어버린 때. 폐활량이 약한 나는 나만의 쉼터에서 목을 축이고 있는데, 까치 한 마리가 날아왔다. 심한 갈증에 아랑곳않고 다시 물을 들이키려다 벤치 위에 앉은 까치와 눈이 딱 마주쳤다. 예사롭지 않은 눈빛이었다. 마치 구애하듯 나를 바라보는 까치에게 "너도 나처럼 목이 타는구나?" 그렇다는 듯 눈을 껌벅였다. 물이든 보온병 뚜껑을 까치에게 내밀자 급히 입을 대는 까치에게 "잠깐!" 나도 모르게 소리를 치고 말았다.

바이러스로 신경이 예민해 있는 터라 소리친 것이 미안했다. "미안 미안 놀랐지. 조금만 기다려 개인 접시 가져올게" 얼른 나뭇잎 하나를 툭 따 움푹한 그릇을 만들었다. 나뭇잎 그릇에 물을 붓고 "이제 됐어. 어서 내려와…" 말이 떨어지기도 전에 벤치에서 내려온 까치가 주둥이를 콕콕 찍으며 빨아들였다. "에구~ 목이 많이 탔구나. 뜨거울 텐데." 배가 고픈가? 어디가 아픈가? 혹시 나를 기다렸나? 사람을 피하지 않는 신기하고 기이한 행동을 한참 지켜보다, 예전 내 모습이 떠올랐다. 까치도 나처럼 스스로 자립해야 하는데… 많은 생각들이 스쳤다.

　예배 시간이 촉박해 어쩔 수 없이 까치와 안녕을 하고 돌아섰다. 걱정 반 신기함 반으로 걸음을 재촉했지만 내내 신경이 쓰였다. 무슨 메시지지? 무슨 깨달음을 주는 거지? 반가운 소식이 있으려나? 나는 무언의 대화 속에 '소자 중에 냉수 한 그릇 대접한 것도 기억한다'는 '진리의 말씀'이 생각나 미소를 지었다.

하늘이와 나눈 애틋함 2

해가 돋아오른 다음날 아침, 간밤에 찬비를 맞았을 까치 생각에 잠을 설친 나는 이것저것 먹거리를 준비해 길을 나섰다. 마치 짝사랑을 만나는 기분처럼 설렌다. 쉼터에 도착할 즈음, 갑자기 까치가 날아와 앞서가는 여자의 긴 머리를 낚아챘다. "아~악 왜 이래 미쳤어" 하고 소리치자 까치는 더 앙칼지게 머리카락을 물어뜯고 할퀴고 난리 아닌 난리가 일어났다.

지나던 사람들도 놀라 "왜 저래, 무슨 일이야?" 웅성거리고. 까치는 달아나는 여자 뒤에서 날개를 퍼덕이더니 내게로 날아왔다. 순식간에 일어난 일에 "왜 그래. 왜 그랬어. 놀랐잖아. 그러지 마." 서울말로 안정을 시키자, 까치는 알았다는 듯 고개를 끄덕였다. 놀라긴 했지만 기분은 좋았다. "고마워. 너도 외모보다 마음을 보는구나" 하고 준비해간 만나를 펼쳤다. 배가 고팠는지 맛있게 먹는 까치를 흐뭇하게 바라보며 "근데, 까치 너 높은 데 살아서 그런지 눈은 되게 높다. 내 휠체어가 벤츠라는 것도 알고." 정말 탁월한 선택이야 농담도 해가면서 나는 하늘이라 애칭도 짓고 사진도 찍었다.

그렇게 우리는 가까워졌고, 주일마다 데이트를 즐겼다. 그러던 어느 날, 항상 먼저와 기다리던 하늘이가 보이지 않았다. "하늘아~ 하늘아~ 어디 있니. 나 왔어" 아무리 찾아봐도, 아무리 목놓아 불러봐도 메아리뿐이었다. 다음날 그 다음날도 하늘이는 끝내 나오지 않았다. 곰곰이 생각해보니 지난 번 내가 했던 말이 생각났다. '동물한테서도 바이러스가 전염된 데.' 혹시라도 내 말을 들었을까? 그래서…

무심코 한 말이지만 후회가 된다. 하늘아, 나는 하늘에게 무슨 일이 생겼는지 알 수는 없지만, 어떤 환경에서든지 잘 견디고 잘 극복하리라 믿는다. 지치고 힘이 들 때, 내 목소리가 초콜릿처럼 달콤한 휴식과 치유의 선물이 되었으면 참 좋겠다. 하늘아, 우리 어느 곳에서든 무엇을 하든지 최선을 다하자. 독수리가 날개치며 올라가는 것처럼, 우리도 멀리 높이 넓은 세상을 바라보자. 그리고 내 걱정은 하지도 마. 나도 너처럼 날개가 있으니까. 마음의 날개 말이야. 알알이 익어가는 가을처럼 더 영글어져 꼭 다시 만나자. 우리만의 쉼터에서…

걷고 싶은 글

바람이 그리는 드로잉

소리 없는 화수분
헝클어진 마음 끌고간다

어린 날의 추억이 소리치는 연극촌
낯선 발길을 잡는 풍금 소리
풍금 소리에 맞춰 지줄대는 참새떼
맴돌다 흩어진다 흩어졌다 다시 맴돈다

논두렁에 드러누운 햇살 따라
아른거리는 소풍길 펼쳐지고
교정에 울려퍼지는 두꺼비 소리
알토 색소폰으로 연주한다

느리게 다가온 이팝꽃 향기
취해버린 마음 흔들어놓고
비틀거리는 작은 기억들
나를 외면한 채, 나를 외면한 채
황금빛 노을로 물든다

고장난 마음
사라진 유년
두꺼비 악보
도돌이표로 걷는다

그 겨울은 따뜻했네

그 겨울은 따뜻했네
비바람이 몰아치고 눈보라쳐도
그 겨울은 따뜻했네

이불 밑으로 잦아드는 그림자
앞마당을 서성이고
어디선가 들려오는 자장가 소리
곤히 잠든 별님 달님
바람 소리마저 잠이 드네

어둠 속에 다가온 무언의 손짓
나는 고요 속에
잠이 드네

자장
자장
자장 자장

그 겨울은 따뜻했네

버려진 제라늄이 나를 안는다

복도 한 구석에서 아이가 떨고 있다
집으로 데려왔다
진물이 흐르고
다리는 말라비틀어지고
살은 트고
들숨날숨 힘겨운 듯
축 늘어졌다
아침 저녁
아이에게 젖을 물리듯
눈 맞추고 속삭인다
괜찮아
아무것도 염려하지 마
해가 뜨고 해가 지기를 여러 날
짙은 어둠 지나고
열리는 아침
아름다운 이 아이는 누구
깊은 상처 위로
방긋방긋 웃는다
나를 안는다

문밖에 서서

밖에는
기쁨 전하려고 회색구름 가르고
급하게 내려오나
천사처럼 날갯짓하며 살포시 착륙하는 눈꽃
바람 따라 돌다 착륙하고
맴돌다 착륙하네
바람과 바람 사이 서성이는 지난 날
아련한 모습 아롱진 상처
가뭇가뭇한 기억
눈발에 섞고 섞이며 하얗게 흩날리고
그 길 내딛고 싶어
가쁜 숨 몰아쉬며
창가로 가네
기억은 한 폭의 그림으로 펄럭이고
애틋함 팔 벌려 안아보지만
다시 허공으로 흩어지네

숨결 잦아들면
어둠 짙어지면
다시 펼쳐질까

꿈속을 헤매며 잠이 드네
문 밖에서
문 두드리는 소리
그대 나를 부르는 소리
사박사박
그대 내게로 들어오고
나는 그대에게로 가네
너의 기쁨이 나의 기쁨이고
너의 슬픔이 나의 슬픔이라 하네
밤새, 소담소담 소담소담
이야깃거리 쌓였네
소복소복
눈꽃 위로 행복이 깃드네
언 맘 녹아내렸네

부표

파도가 나막신을 신고
자박자박 나에게로 걸어온다

맷방석처럼 말린 파도가
모래사장에 영상을 펼친다

그대와 함께했던
해운대 백사장

그리움이
하얗게 하얗게
일어선다

봄이 오는 소리

 햇살 뒤로 마중나온 봄비가 가만가만 대지를 적신다 작은 씨앗들이 기지개 켜며 옹기종기 모여 봄을 마중한다 목련 개나리 산수유가 햇살을 타고 넘어온 봄바람에 맞춰 덩실덩실 떼춤을 춘다 내 집 뜰에도 손님이 찾아들었다 살며시 실눈 뜨고 방긋 미소를 던지는 동백이 붉은 눈망울로 바라본다 무화과 연산홍 단정화 베고니아 사랑스러운 것들 뒤질세라 분단장을 하는 중이다 저 들판에 내리는 단비는 봄을 재촉하고 회색빛 도심 화려한 불빛도 봄을 재촉한다

 봄은 그렇게 내게도 찾아와 안온한 정을 나눈다

나는 상자다

나는 상자다
탱자 향기 그윽한 상자다
탱자 향기에 양떼구름이 쉬어간다
아버지 땀 냄새도 파고든다

소풍 가는 길
가시내 웃음이 단풍보다 먼저 붉어진다
빛바랜 흑백사진 속
지워지는 얼굴 따라
친구 이름도 가물거린다

부서져버린 상자
그 안에는
바퀴로 짓이겨진 동백이 있다
생각은 고장나고 마음은 구멍투성이 된 동백
구름이 놀라고
아우성처럼 골수가 터져나오고
눈꺼풀은 가물가물 안개비가 감싼다

부서진 상자는 더 이상

부서진 상자가 아니다
찬송이 풍금소리로 흘러나오고
두려움과 염려를 물리치는 말씀이
빛으로 나오고
아버지 지게 사랑이 있고
어머니 아궁이 사랑이 있고
두 아들의 듬직함이 있고
늘 푸른 소나무 남편이 있다

나는 더 이상 부서진 상자가 아니다

10월, 가을 채비

극한의 폭염
최악의 폭우로
태풍 힌남로로
흉년을 덮는
풍년의 기원이 절실합니다

하늘의 넉넉함을 기억하며
건강한 햇빛 내려
오곡백과 여물고 익어
단물이 고인
황금빛 출렁임 바라봅니다

남극의 햇빛 이틀만이라도 허락하길
하늘의 빛난 광채 허락하길

단풍빛 같은 풍성함 안에서
강하고 뜨거운 햇살처럼
감사가 살아나고
그 빛 우리를 통해
어두운 구석구석 퍼져 나가도록

그 빛 속에 깃든 평화로움으로
은혜의 꽃 피우도록
기쁨의 노래할 수 있도록

10월, 가을 채비를 합니다

3부

나는 달팽이

대롱거리는
소변줄 달고
느릿느릿 암벽을 탄다

얼마나 더 올라가야 하나
자꾸만 늘어진 고개를 쳐들고 바라본다
밖으로 들어난 습지
마를 순간 없이 대롱거리는 습지
얼마나 더 인내해야
목마른 새가 깃들고
어린 치어가 숨어들까

나는 느림보
오늘도 바람 따라
내일도 빛 따라
조금씩 조금씩
벽타기 한다

빛처럼

하얀 눈이 빛으로 다가온다

빛은,
마음 가득 메운 휴지통을 지우고
소원을 그린다
나의 소박한 기도가 기적의 마중물이 되도록
나의 찬양이 무기력을 날려보내도록
눈보라를 헤치고 날아가는 기러기처럼
한 걸음이 모든 시작인 것처럼
사그락사그락 사각사각
사그락사그락 사박사박
빛의 지경을 그린다
빛은,
후미진 생각을 씻어내고
빛 아래
움이 돋고 꽃이 피고 열매가 열리듯
성실로 꽃 피우리
아름다운 회복을 피우리
단순하게 피우리
새롭게 피우리

하얗게
하얗게
하얗게
하얗게 피우리

빛처럼

봄비 때문에

팽팽하던 하늘이
비를 쏟아낸다
주름진 나뭇가지마다 단물이 차오르고
풀잎 끝에 맺힌 물똥이
또르르 녹아
생기가 돈다

유난히 무거운 겨울
울음통이 터졌다
의사도 약도 소용없는
고장난 내 몸
알츠하이머 걸린 호아꽃처럼
속앓이를 한다

우수가 되면 대동강 물도 풀린다는데
경칩이면 개구리도 벌떡 일어난다는데
꽁꽁 굳은 내 사지육신은
풀릴 줄을 모른다
허기진 사색에 깊이 젖는다

글밭에 심은 씨앗들
물이 오른다
뭉쳤던 혈관이 풀어진다
푸석푸석한 마음이 녹아내린다

봄비 때문에

무거운 하루 날려보내기

오늘도 집을 나선다

싱글벙글 신난 휠체어
만나는 것이 다 미소다
복지사의 친절
노점상의 성실
백화점 직원의 상도
집짓기 바쁜 까순이
신난다 신난다

공원에서 독거노인을 마주한다
90세 노인은 처녀란다
아프고 외롭다며
도움을 청한다
가슴이 답답하다

비타민을 맞고
매미의 떼창까지 공짜로 누렸건만
폭염에 만취했는지
바퀴가 삐걱삐걱 투정을 부린다

안식을 방해한 걸까
진정성 없는 조언은 아니었을까
스스로에게 물음을 던져보지만

아이스커피 한 잔
알싸한 맥주 한 캔
하하호호 호호하하
맛있어서 원샷
시원해서 원샷
무거운 하루를 날려보낸다

리모델링하는 몸

〈리모델링 공사로 생활에 불편을 끼쳐드려 죄송합니다〉

이중 창문을 꼭꼭 닫아도
옆에서 헬리콥터가 뜨는 것처럼 요란스럽고
밤낮 없는 매미의 울음처럼 시끄럽고
선회 기관총처럼 쏘아대는 소리가
귀청을 때린다

그래도 참지 못할 정도는 아닌데
그리 큰 불편함을 받지도 않았는데
불평이 눈처럼 쌓이고 쌓인다

조금만 참으면 될 것을
조금만 더 이해하면 될 것을
괜히 투정이 난다
한여름 정오처럼 덥다

내 삶, 내 속도 그렇다
고장난 몸이지만
공사를 마친 이웃의 집처럼

내 몸도
예쁘게 리모델링되는
날이 오겠지

내 몸은 매일 매일 공사중이다

꿀송이보다 달고 사랑스러운 딸, 거베라

늘,
가슴에서 울렁이던 아들이
지구 맞은편에서
짝꿍을 데려왔다
한아름 꽃을 안고 파고든다
너울거리는 가슴을
활짝 핀 어깨로 감싼다
서로 말없이 꽃향기만 들이마신다
살랑살랑 느릿느릿 다독다독
리듬을 탄다

밝고 세련된 딸
요즘 사람 같지 않은 숙성된 딸
마음을 나눌 줄 아는 딸
일가친척 모두를 감동시키는 딸
감사를 만드는 딸
자신은 물론 아들의 길에 등불 같은 딸
믿음이 곱빼기로 가는 딸

너는 거베라,

감정을 잘 어루만져주는 거베라, 꽃말처럼
깊은 배려와 살핌으로
마음꽃 활짝 활짝 피우는
내 며느리딸, 거베라
적적하고 적막한 집에
이야기꽃으로 피고
방실방실 기쁨꽃으로 터지고
함박웃음꽃을 선물하는 딸, 거베라

꿀 송이보다 달고 사랑스러운 딸, 거베라
일순간 가슴속 요동이 멈추고 온 세상이 꽃밭으로
밝아짐을 느낀다
가슴에 두 손을 얹는다
살다보면 찾아올 허전한 구석들
서로,
꽃씨로 날아가 아프지 않고 외롭지 않게 피우길
간절히 기도하고 축복한다

억지 친구로 삼았더니

나는 이기주의다

내 방 침대 협탁에
동양란을 앉혔다

들어오고 나가며 휠체어 인사를 했다
어느 때는 초등학교 친구에게 하듯
하소연도 하고
어느 때는 애인을 대하듯
애교 섞인 투정도 부리고
요리조리 만지고 살피며
바깥소식도 잘 전했다

나한텐 종합비타민, 동양란의
예쁜 모습 보겠다고
이십 년간 욕심만 부렸다
잎은 날카로워지고
꽃대는 온데간데없고
내 안의 가시를 보는 것 같아
뒤늦은 후회를 한다

미안하고 미안하고 또 미안하다

이제 내 품에서 떠나보내려 한다
지나가는 바람에
고향의 흙냄새 맡도록
흘러가는 구름에
이웃의 소식 듣도록
봄볕 같은 햇살에 하얀 날개 꽃 피도록

나는 이기주의가 아니다

저 멀리 하늘에 고한다

호주에서 6년 만에 온 아들을 보겠다고
부산 울산 양산의 친정 식구들이
내 고향 밀양으로 달려왔다
그립고 그립고 그리운 얼굴들
반갑고 반갑고 반가운 얼굴들
아들의 듬직한 모습에
글썽글썽 아지랑이꽃 피운다

낯선 곳 거친 환경
꿋꿋이 이겨내고
건강한 얼굴 건전한 사고로
웃음꽃 해맑은 짝꿍을 보며
눈시울 적신다

나의 형제들
휠체어에 의지한
나를 보고
아들을 보고
또
아들을 보고

나를 보고
말을 잇지 못한다

"품은 비전으로 자신을 잘 건축하라"
"자신감과 겸손은 외가의 자랑이다
그리고 기둥이다"
큰 외삼촌의 격려와 축사에 모두가 감동이다
'은혜는 절대 잊으면 안 된다'
가슴에 새기는 아들 모습이 결연하다

늘 내 모습 보며 눈물짓던 아버지 어머니
송이송이 피는 꽃자리 참석지 못했지만
저 멀리 하늘에서
솜사탕구름으로 내려다보신다

감사가 뭉게뭉게 꽃으로 핀다

나의 카이로스

돈으로도
힘으로도
권력으로도
넘볼 수 없다
함부로 대할 수 없다

장애 바다에서 허우적거릴 때
나를 가르친 건
책도
의사도
친구도 아니었다
무심히 흐르는 시간이었다

넘어야 하는 산에 대한
풀리지 않는 문제에 대한
이해되지 않는 사건에 대한
오답들
거짓 없는, 서두르지 않는 시간의 답을
느리게 깨닫는다

어제의 시간이 오늘의 스승이었기에
오늘의 시간도 내일의 스승임을 믿고 따른다
오늘도
하루의 퍼즐을 맞추기 위해
세상 속으로 들어간다

나만의 시간 속으로

그리운 청운리 82번지

신작로를 따라 마을로 접어든다
작은 다리와 도랑을 사이에 두고
100여 가구가 연기를 피어올리던 곳
그 가운데 나의 옛집이 있다

나무 대문을 열고 들어선다
안채 사랑채 새방이 두 팔을 벌려 맞는다
가을걷이한 곡식이 그득하던 못방의 문이
빼꼼 열려 있다
고추 콩 탱자 소여물이 나뒹구는 마당
무화과가 출렁이는 우물 안
채송화 맨드라미 분꽃이 만개한 장독대
넝쿨장미 붉게 수놓은 담장
바람에 춤추는 바지랑대에 걸린 고쟁이
그림 같은 풍경이다

감나무가 그늘을 드리우던 아, 그리운 나의 옛집
청운리 82번지
앙상한 포도나무 아래 구덩이는 겨울간식 창고
아버지는 출출한 밤이면 옛날이야기 풀어내듯

무를 꺼내 화로에 구워주셨다
들큰한 맛이 꿀맛이었다
새끼 꼬는 아버지와 우물가 어머니가
담벼락처럼 서로가 서로에게 등이 되었던 곳
이방인 아닌 이방인이 되어 바라본다

가을 마중

내 가슴이 먼저 가을을 마중한다

바람에 흔들리는 코스모스
나의 가을
카키색 옷 입은 갈대숲
그대 가을

추억을 목 놓아부르면
우리의 이야기가 줄을 서

쪽빛 하늘에 살며시 떠오르는 얼굴
가슴에 멍울지어 아련해진 얼굴
서로 손잡은
다정한 속삭임 같은데
아득하기만 하다

켜켜이 쌓인 그리움
못다한 이야기
갈바람 타고
지친 등을

토닥여준다

단풍숲은 따뜻하다

장마 속 어머니

하늘이 요란스럽다
거칠게 쏟아지는 빗방울 소리에 잠을 설친다
진통이 시작되나보다
쉽게 멈출 것 같지 않다
시끌벅적 우르르 쾅 우르르 쾅쾅
산고의 진통과 같은 두려움과 공포 속에 창문이 흔들
린다
우렁찬 고통 소리에 하늘이 열리고 온통 늪이다
괜찮다 괜찮다 꿈속에 찾아온 어머니
안부를 묻는다
논밭의 흙보다 더 까맣게 탄 얼굴로
마당에 핀 꽃들을 아기처럼 가꾸셨던 어머니
고추 감자 가지 호박 등 자식 대하듯 만지고 키우셨다
고사리손으로 고구마 같은 어머니 손을 잡고
도란도란 나누던 이야기가 한 겹 한 겹 스치고 지나간다
밤은 여전히 아프고 나는 슬픈 눈으로 어머니 자궁 속
양수에 젖는다
고향 마당에서 두런두런 익어가는 소리와
알록달록 예쁜 꽃들이 어머니처럼 아름답게 수를 놓
고 있다

몇 시간째 계속되던 진통이 멎는다
나는 재빨리 어머니 냄새를 더듬는다
또다시 어제와 오늘의 행간 속에 살아갈 이유를 찾는다
젖은 마음을 뽀송뽀송 말린다

가을 나비

햇살 한가득 이고
소복이 앉은 언저리
바람 한 줄기에 잃어버린 흔적 뒤적이다
몇 날 몇 밤 섧게 울었다

단 한번의 몸부림도 없이
스치는 자국마다
목마른 가슴앓이
어둠, 짙어져 내리고

눈물되어 이루지 못한 꿈
켜켜이 쌓인 상처
얼룩진 터널 위로
붉은 시월이 깊어간다

나뭇잎 흐린 기억 속에 기우는 낮달
못다한 언어들
꿈을 제쳤다 폈다
반복하는 사이

시나브로
젖은 햇살을 가르는
가을 나비

미련의 꽃 시절, 이제

줄지어 피는 꽃들
숨 가쁘게 향기를 토해낸다

꽃들이 머문 자리마다
연초록 이파리
바람이 너무 좋다고 생글거린다

한껏 물오른 봄은
가슴에 불을 지펴
붉디붉은 장미꽃을 피운다

짧은 봄은 내 속에도 머문다
자꾸 과거만 붙잡으려는 나,
장미 꽃잎 하나가 무릎에 앉는다

오늘만 바라보라는 듯

구속과 자유

별은 밤을 구속해
빛을 발산하고
태양은 낮을 구속해
어둠을 삼키고
장애는 나를 구속해
두려움의 족쇄를 채우고
나는 내 자아를 구속해
속절없이 장대비를 쏟아낸다

서로를 묶은 구속과 자유
빛과 어둠
멈출 수 없지만
구름처럼 물처럼 흘러가는
풀처럼 바람처럼 나부끼는
자유,
구속은 자유를 자유는 구속을
참된 삶이란
참된 구속
참된 자유다

4부

나뭇잎 기도

숲을 열고 들어선다
나뭇잎 숨 향긋하다
기도 냄새 가슴가득 퍼진다

나뭇잎 하나 무릎 위로 툭 떨어진다
낙엽들 밟히는 소리는 나무의 기도소리
바스락 바스락 바삭 바삭
고소하고 담백한 기도소리

바람결 지나가면 또 다른 나무의 기도소리
바스락 바스락 바삭 바삭
곡조 타고 흐르는 기도소리
부드럽게 나를 다독인다

섬세한 잎맥 따라 내 기도도 흐른다
나뭇잎 하나 '아멘' 무릎에 앉는다

3월에는

3월에는

까닥 못하는 손가락에 대해
걷지 못하는 다리에 대해
말하지 않게 하소서

돌 같은 몸뚱이 내려다보며
원망하지 않고
불평하지 않고
말씀의 실천으로 피게 하소서

피고름 나는 상처를 입었을지라도
분을 그치고
노를 버리고
감사의 눈물로
사랑꽃 피게 하소서

내 안에 있는 나를 붙들 수 있도록
무거운 겨울
툭툭 털어내고 일어서는

야생화 지혜로 피게 하소서

3월에는
내가 꽃으로 피게 하소서

가슴에서 피는 꽃

밤이면 피는 꽃
하얀 박꽃도 아니면서
어두워지면 슬그머니 가슴에서 피는 꽃
풀벌레소리 요란한 가을밤
향기 더욱 짙게 피는 꽃
바람 불면 바람꽃
구름 가리면 구름꽃
소리 없이 내리는 밤비꽃
사그락사그락 속삭이는 풀꽃
아가야
밤이면 모든 것이 꽃으로 핀단다
밤마다 달을 보면
달그림자 곁 네가 웃고 있단다
너의 미소를 머금은 것들은 다 꽃이 된단다
너무도 사랑스럽단다
아가야
아무리 네가 어른이라고 해도
나에겐 변함없는 아가란다
지구 건너편에서
너는 너대로 어미꽃을 보고 있겠지

가끔은 너도 나처럼 거센 바람에게 손 내밀 때도 있겠지
꽃이 핀다
사방천지 너를 향한 그리움이 핀다

가을을 끌어당긴다

눈부신 가을이다
휠체어 바퀴도 눈부시다
들뜬 나는 어설픈 노래를 흥얼댄다
영미는 각양각색의 포즈로 가을을 담아낸다

뙤약볕에 벼이삭은 고개를 더 숙인다
잘 다듬어진 밭에는 수수가 허리를 곧게 펴고 있다
붉은 고추가 주렁주렁 가을을 끌어당긴다

노란 해바라기 길목에서 산들바람이 산들산들 쉬어가
란다
정겨운 풀벌레 소리에 내 어설픈 노래는 한껏 목청을
높인다

익어간다는 것은 버리는 것이다
벼가 익고
수수가 익고
가을이 익어가듯
내 못난 욕심을 버리는 것이다

햇볕 내리쬐는 길가
키 작은 코스모스가 위로한다

뜨거운 고백

뒤척인다
예배당 가고 싶은 마음에 달아난 잠
통증을 싸맨다

경의선 누리길로 들어선다
노란 들국화 키 작은 풀과 눈맞춤한다
땡땡이 옷 입은 나비도 팔랑바람인다
둥근 바퀴도 빛의 알갱이로 굴러간다

산책나온 쌍둥이 유모차
세발자전거
직박구리 소리
풀벌레 소리
토마토, 고추, 빨간 꼬맹이 사과
두런두런 열매 익어가는 소리
때마침 달리는 경의선 기적 소리
모두가 아름다운 합창이다

느림보 달팽이처럼
언덕 위 기도의 집으로 들어선다

힘주어 잡은 손이 자꾸만 풀린다
두 손 모으고
뜨겁게 고백한다
치유의 손이 내 손을 잡는다
깃털처럼 가볍다

복된 시간을 보내고
낮은 걸음으로 뛰는 달팽이
휠체어 길에 초록빛 쏟아진다

노을에 어린 아비아리랑

아버지 등처럼 휘어진 버드나무
나부낀다
22층 베란다에서 바라본 노을
고향의 옛 모습을
만난다
휘휘 늘어진 수양버들 가지가
냇가로 내려가
잠자던 반딧불이 깨우던
내 고향
반딧불 쫓아
버들피리 불던
친구들
하늘처럼 곱고 넓다
아비 가슴에 박힌 옹이
월아, 월아, 나의 월아
소달구지 같은 휠체어에 앉아 빗장 연다

바람 되어 바람을 만나다

내 속에 온갖 바람이 인다
시샘바람 소슬바람 마른바람 된바람
바람으로 꽉 차 있어도
공허하다
고향 동창들은 단풍놀이 간다고 신나하고
교장 친구는 장학사로 발령받아 축하 세례에 빠지고
행복한 글쓰기 회원들은 문학기행 간다고 들떠 있고
욕창 때문에 아무것도 할 수 없는 나는
상한 갈대도 꺾지 아니하신다는 성경 말씀만 붙잡는다

바람의 손이 이끄는 대로 간다
바람이 되어 바람을 만난다
나뭇가지마다 사그락 사그락 옷 입히는 바람
온통 다채롭다
나는 바람에 스카프를 날리는 바람여자
꽃방석이 된 단풍나무 아래
사색의 꽃방석이 된다
한순간 바람은 간데없고 나만 남았다
은빛 말씀이 나를 감싼다
사그락 사그락
끓는 가슴 더 뜨겁게 끓는다

양보의 문이 열린다

엘리베이터를 탄다
뒤따라 어르신들이 들어선다
"몸도 불편한데 뭐하러 나다녀, 집에 가만있지"
"무슨 그런 말씀을 하십니까?"
"쯔쯔 이쁜 사람이 어쩌다"
"아픈 사람은 볼 일도 없나요?"
휠체어를 힐끔거리며
나누는 대화
한 마디 끼어들지도 못하는
휠체어 낯이 뜨겁다
송곳처럼 찌른다

평정심을 잃어버린 자존심
털어내지도
닦아내지도
버리지 못한
마음에 낀 먼지들이
숨죽여 앉아 있다

좀처럼 정화되지 않는

미지근한 배려
텅 빈 가슴을 더 크게 뚫어놓는다

꽃이 되기로 한다
예쁘지도 않고
봐주지도 않고
향기가 없어도
사랑으로 변화시키는 어여쁜 꽃처럼
비바람도 굴하지 않고 피는
섬세한 꽃이 되기로 한다

방긋방긋 꽃잎 벌어지듯
붉게 달아오른 미소로 목례한다
엉거주춤 양보의 문이 천천히 열린다

어머니 삭신에서 부는 바람

섣달그믐
어머니 설 준비하시다
바람 한 바가지 뿌리신다
풍속 예절 시집살이 원망 후회 섭섭 돈
여든일곱 힘없는 바람을
자꾸 뿌리신다

아프지만 아프지 않다
차갑지만 차갑지 않다

오늘 따라 어머니 고된 바람이
왜 이렇게 부드럽고 정겨운지
왜 이토록 훈훈하고 따스한지
사랑이다
아프고 아픈 사랑인 것이다

툭툭 불거지고 휘어진
손가락에서
쏟아지는 음식들
유난히 곱고 곱게 피어난다

물 한 컵 떠먹을 수 없고
널브러진 밥풀 하나 치우지 못하는
이 며느리 대신 온 몸 부서지도록 사신 어머니
눈물을 다 쏟아도 부족한 감사다
마른 입술로 부르는 간절한 감사다

어머니 당신은
하늘처럼 넓고 바다처럼 깊은
사람 나무
위대하고 위대한
어머니 나무

그 뿌리 썩지 않도록
기억하고 기억하고
간직하고 간직하고
사랑하고 사랑하고
감사하고 감사하고

봄을 노래한다

근심 걱정 다 끌어모아
마지막 겨울처럼 양지꽃에 앉아 있다

카카오톡으로 받은 성탄 선물
시편 23편이 흐른다
슬픔과 아픔이 무릎 꿇는다
칼끝으로 찌르는 고통이 두 손을 모은다
나의 목자시여 인도하소서
나의 목자시여 평안을 노래하게 하소서
나의 목자시여 봄으로 살게 하소서

기쁨이 얼기설기 손을 잡는다
뜨겁게 노래한다
사랑의 옷을 입고
희망의 옷을 입고
간절히 노래한다
봄을 노래한다

내 속에 있는 겨울이 봄을 맞는다

부각이 엄마를 부른다

점심상에 올라온 고추부각
바삭바삭하다
고추부각이 바삭거릴 때마다
엄마가 부서진다
수화기 속 한마디
"엄마 보고 싶어"
고추부각 준비하다
하얀 가루 다 털어내지도 못한 채
밀양에서 일산까지
부각 택배보다 빨리 날아온 엄마

보고 싶다
바삭바삭 깨물고 싶다
그립고 그립다 바삭바삭

영글다

나뭇잎 소리 애잔하다
건들바람 한 줄기 가뭇한 기억 하나 끌고 와
풀어놓는다

바람의 연주와
고추잠자리 군무는
틀 속에 갇힌 굳은 신경다발을 희롱한다

바람을 맞는다
몸을 맡긴다
바람의 손이 이끄는 대로
끌려다닌다
살아야지 살아야지 살아야지

바닥에 동댕이친 혀
달빛에 묻어버린 살
바다에 흘려보낸 뼈
줍는다 줍는다 줍는다

뜨겁게 여무는 들녘처럼

몸짓 붉게 타오른다
감사 짙은 언어로 노래한다
영글어간다

집의 두 팔 속으로

화려한 옷 벗은 노을
귀가 서두르는 자동차 긴 행렬에 편승한다

어스름 저녁 비추던 낮달보다
길 나선 야생화보다
먼저 옷 갈아입은 하늘
밤하늘에 가을이 가득하다

울음 길게 뺀 가을벌레 소리는
공허한 밤하늘을 가르고
몸살 앓던 야생화 꿈이
하늘에 총총 박힌다

휘잉, 스치는 바람에 살이 베이고
낙엽들 소리가 바스락바스락
빌딩에서 빌딩 사이로
나무에서 나무로 흘러
말랐던 신경관 다발을 흔든다

나는 아직, 겨울 끄트머리에 있다

그러나 괜찮다

치장하지 않아도 부끄럽지 않은
사랑 가득한 집이 두 팔 벌려 맞으니

4월의 꽃상여

눈을 감아도 보이는 건
그리움 때문이다

한 짐 안고 떠나던 날
통곡 소리 내 몸속으로 녹아내려
빗소리마저 잠재우지 못한다

분주한 사람들 사이로
엄마가 웃고 있다

잠들지 못한 거친 숨소리
바람벽을 타고 여전히 내 귓전에서 맴돈다

떠나가야 할 때 보낼 준비를 끝낸
야윈 내 모습이 나를 위로한다

어느 곳에도 소리는 없다
꽃상여 소리만 허공에 매달린다

나를 내려놓지 못한 꽃상여

이승과 저승의 산등성이에 선다
한참을 머물다간 꽃상여

이제
그를 내려놓고자 한다

11월엔

나무들이
두 팔 크게 벌려 말을 건다
'힘들어도 용기 잃지 마'
단풍잎 하나가 덩달아 손을 흔들며 말을 건다
'절망 중에도 포기하면 안 돼'
순간 바람이 휙~ 한 줄 던진다
'이 또한 지나가리라'
바람을 잡으려는데
또 다른 단풍이 가슴에 대고
'즐거워하는 자들과 함께 즐거워해'
다시 나무는 무성한 단풍잎을 달고
갈색 표정으로 '그래 안다 나도 안다'

11월이 알록달록한 마음의 노트 펼치고
11월엔 한 그루 무소유의 가벼움이고 싶다
11월엔 사색에 잠기고 싶다고
11월엔 나란히 걷고 싶다고
11월엔 이 또한 지나가리라 쓴다

존재의 기도企圖와 구원의 기도祈禱
― 신계원, 시 의식의 정수

백인덕/ 시인

1

일정 부분 니체와 겹치기도 하지만, 하이데거가 비루하고 무능한 존재자를 나태한 의식과 구태의연한 형식에서 구원해서 '세계-내-존재', 즉 매 순간 실존을 의식하고 결단해야 하는 '현존재'로 재확립하면서 초월자(신)를 완벽하게 배제한 것은 아니다. 하이데거는 개인으로서 존재의 상황, 즉 '파편화'와 '피투성皮投性'의 문제를 직감했지만, 서구 기독교에 대한 불신 탓에 곧바로 초월자의 기여를 인정하지 않고, 선불교의 선禪처럼 모호한 지점에서 멈추고 말았다.

주지의 사실이지만, 현대는 병이 깊은 시대다. 현대인은 절대적 빈곤이 아니라 풍요 속에서 상대적 결핍에 시달리고, 몸 건강에 막대한 투자를 하면서도 극심한 스트레스와 정신적 허기를 생생한 통증으로 호소하고 있다.

신계원 시인은 자신의 '한계상황'을 포장하는 수식이

나 허위의식으로 덮지 않고 직설적으로 대면하면서 존재의 기도企圖와 구원의 기도祈禱를 마치 동전의 양면처럼 성립되게 한다. 그 최종 지점에 시인만의 '시작詩作'이 놓여 있음을 우리는 「글을 쓰며 나를 치유한다」라는 시에서 명확하게 확인할 수 있다. 작품의 첫 연은 "느닷없는 사고로 인해 몸은 돌덩이가 되었고, 어린 아들 생각에 전투적인 재활을 했으나 회복불가 판정을 받고 장애의 삶이 시작됐다"라고 마치 사건을 기술하듯 담담한 음조를 느끼게 한다.

하지만 끝 연에 이르면 그 어조는 단단하고 야무진 분위기를 자아내며 독자를 어떤 진정성에 공감하도록 이끈다. "매일매일 꿈을 꾼다. 나를 포장하지 않고 살다보면, 믿음의 길 거스르지 않고 가다보면, 반드시 빛나는 순간이 찾아오리라 믿고 주어진 문장을 한 줄 한 줄 담아내고 있다. 좀처럼 채워지지 않는 공허함 속에 좌절감과 무력감도 있지만 나는 엄마와의 약속을 지키기 위해 글을 쓴다. 그리고 글을 쓰면서 마음을 치유하고 있다"라는 고백은 신계원의 시작 방법이면서 동시에 시의 '정수精髓'라 해도 지나치지 않다.

우리는 시인의 '빛나는 순간'을 이번 시집 『영광, 나의 어워즈』를 통해 추체험하면서 '치유로서의 시 쓰기'의 구체적인 면모와 매 순간 존재를 재생하는 결단의 두 '기도'를 함께할 수 있다.

돈으로도

힘으로도
권력으로도
넘볼 수 없다
함부로 대할 수 없다

장애 바다에서 허우적거릴 때
나를 가르친 건
책도
의사도
친구도 아니었다
무심히 흐르는 시간이었다

넘어야 하는 산에 대한
풀리지 않는 문제에 대한
이해되지 않는 사건에 대한
오답들
거짓 없는, 서두르지 않는 시간의 답을
느리게 깨닫는다

어제의 시간이 오늘의 스승이었기에
오늘의 시간도 내일의 스승임을 믿고 따른다
오늘도
하루의 퍼즐을 맞추기 위해
세상 속으로 들어간다

나만의 시간 속으로

　　　　　　　　　　　　　—「나의 카이로스」 전문

　느리지만 확실한 답을 추구하는 정신에는 기필코 불굴의 의지가 작동하고 있으리라 믿어도 좋을 것이다. 시인은 "거짓 없는, 서두르지 않는 시간의 답을/ 느리게 깨닫는다"라는 자기 인식에 이미 도달했다. 고대 그리스신화에 시간은 '크로노스chronos'와 '카이로스kairos'라는 두 신으로 등장한다. 크로노스는 '절대적인 시간'의 신이다. 즉, 그는 우리와 무관한 시간, 달력에 맞춰 넘어가고 시계의 침과 함께 흘러가는 시간을 지배한다. 이 절대적인 시간은 지구가 자전과 공전을 하면서 흘러가 우리를 늙게 하고 끝내 죽게 하는 시간이다.

　반면, 카이로스는 '상대적인 시간'의 신이다. 이 시간은 목적을 가진 사람에게 포착되는 의식적이고 주관적인 시간을 나타낸다. 게으른 사람에게 1분은 아무것도 아닌 것처럼 여겨질 수 있지만 어떤 특정한 목적을 가진 사람에게 1분은 결코 놓쳐서는 안 될 중대한 시간이 될 수 있다. 즉, 카이로스의 시간은 기회의 시간이며 결단의 시간이다.

　시인의 카이로스는 "장애 바다에서 허우적거릴 때" 솟아오른다. '돈, 힘, 권력'으로 "넘볼 수"도 "함부로 대할 수"도 없는 것이 시간의 위력이다. 시인은 "어제의 시간이 오늘의 스승이었기에/ 오늘의 시간도 내일의 스승임을 믿고 따른다/ 오늘도/ 하루의 퍼즐을 맞추기 위해/ 세상 속으로 들어간다" 그것은 또한 '엄마와의 약속'을 지키기 위한 분투이기에 더욱 빛난다.

2

　보편성으로서 '인간'은 자연법칙의 산물이다. 물론 개인의 자유의지는 '주님의 계획'처럼 초월자를 상정하는 것을 부자연으로 느끼지 못한다. 신앙은 신념의 문제가 아니라 존재의 근거이기 때문이다. 하지만 그래도 지구가 공전하는 것은 사실이다. 따라서 인간은 크로노스의 지배를 받는다는 것도 거짓이 아니다.

　이 사실을 신계원 시인은 「흔들린다」와 「설렌다」 같은 동사, 아니 두 마음의 움직임 사이의 어떤 휴지休止 지점으로 형상화한다.

> 우리 집 베란다를 통해 계절이 바뀌고 있음을 안다 이곳은 유일한 나만의 공간이다 겨울의 끝자락에 선 오후 한나절 창 밖에는 눈이 내리고 간신이 버티고 선 꽃대 하나 긴 밤 얼마나 무섭고 추위에 떨었을지 아침에 일어나 꽃대에게 안부를 묻고 햇살에게 미소를 건넨다 꿋꿋하게 잘 버텨준 네가 참으로 고맙다 생사의 기로에서 잘 버텨준 화초 나는 아주 많이 늦었지만 늦지 않았다는 것을 알고 있다 머지않아 봄의 화신들이 아름다움을 과시하며 뭇 별들을 유혹할 것이다 살며시 실눈 뜨고 앙증맞게 윙크를 보내는 포도나무 밀감나무에 세든 하얀 꽃망울이 덩달아 고개를 내민다 군자난 사랑초 다육이 사랑스러운

것들 다들 뒤질세라 분단장을 하는 중이다 나는 콧노래
로 화답하고 몸을 푼 화초들과 열애 중이다

—「환희」전문

시인의 '케렌시아Querencia'(에스파냐어로 '투우 경기
장에서 소가 잠시 쉬면서 숨을 고르는 장소'라는 뜻, 자
신만의 피난처 또는 안식처를 이르는 말)는 '22층 베란
다'(「노을에 어린 아비아리랑」), 시인이 "유일한 나만의
공간"이라 밝히는 곳이다. 거기에는 '군자난, 사랑초, 다
육이' 등속과 '포도나무, 밀감나무'가 자라고 있다. 그곳
의 시간은 "아주 많이 늦었지만 늦지 않았다는 것을 알"
려주는 '환희'의 때이다. "인생의 파도가 거칠게 출렁이
고/ 그리움이 하얗게 일어설 때/ 나는 희망을 품은 태양
처럼/ 아침처럼 흰 빛으로 살아나/ 둥근 바퀴를 가뿐하
게 굴"(「설렌다」)릴 수 있는 정신의 에너지가 축적되는
곳이다.

이레,
잡념이 걷히고 아침을 맞았다 창문 틈새로 햇살이 실
바람을 타고 들어왔다 따스함이 마음 가득 채워졌다

여드레,
아들 손에 내 손을 포갠다 아들 닮은 태양이 내 가슴 가
득 고스란히 떴다 아들이 웃는다 나도 웃는다

—「침묵은 통증을 이겼다」부분

독일 신학자 막스 피카르트는 저서 『침묵의 세계』에서 "인간이 침묵과 연관되어 있을 때, 인간은 자신의 지식으로 인해서 무거운 짐을 지게 되지 않는다. 침묵이 그에게서 짐을 덜어주는 것이다. 예전의 인간은 아무리 많은 것을 알고 있을지라도 짓눌리지 않았다. 그 지식을 침묵이 인간과 함께 짊어졌다. 지식은 인간의 내부에서 울혈鬱血되지 않았고, 지식의 과잉은 침묵 속에서 사라졌으며 그리하여 인간은 언제나 새로운 순진함으로서 사물 앞에 섰다"라고 침묵의 가치를 설명하고 있다.

위의 인용시 「침묵은 통증을 이겼다」는 '육이 병동'에서 의식이 돌아온 후 '여드레'의 경과를 구체적으로 보여준다. 그 기간은 '울혈'이 해소되는 시간이며, 통증을 의식의 밑바닥으로 힘겹게 침전시키는 시간이고 끝내는 '새로운 순진함'으로 '아들 닮은 태양'을 가슴 가득 띄워 올린 시간이다. 물론 통증은 수시로 의식의 수면 위에서 출렁대지만 "장성한 아들이 나라의 부름을 받게 되자" 더하게 된 통증을 이겨내기 위해 "컴퓨터 보조기 잡는 재활을 시작했다. 자식을 향한 간절함이 하늘에 상달되었는지 한숨은 기도로 바뀌고, 눈물은 단비가 되어 두 달 만에 마우스 움직이는데 성공! 더디고 더디지만 자판을 하나하나 두드리며 사랑 싹을 틔워"(「글을 쓰며 나를 치유한다」)간 의지가 버려지는 시간이기도 했다.

이번 시집에서 '아버지, 어머니, 유년기, 옛집' 등을 소재로 한 작품들을 묶어서 넓은 의미의 '고향 시편'이라 할 수 있다. 「그리운 청운리 82번지」를 필두로 해서 「노

을에 어린 아비아리랑」, 「장마 속 어머니」, 「초대된 풍
경」, 「나는 상자다」, 「부각이 엄마를 부른다」, 「4월의 꽃상
여」 등을 이에 묶을 수 있다.

시에서 '고향'은 각별한 의미를 지닌다. 그 각별함을 독
일 시인 릴케는 "이제 나에게는 고향이 없다. 고향을 잃
은 일은 없으나 이 세계 깊은 심연으로의 탐닉이 나를 고
향 없게 하고 있는 것이다. 이 세상의 가장 원초적인 체
험으로 되돌아가고 싶은 것이다"라고 진술한 바 있다.
언어라는 측면에서 고향을 떠나면 세계의 심연이 열린
다는 비의秘意를 에둘러 표현한 것이다.

신계원 시인에게 '고향'은 그 각별함에 어떤 궁극의 절
실함을 더한 것으로 다가온다. 비록 추억 혹은 기억의
작용일 뿐이지만 고향에서 유년의 시인은 사고 이전의
건강한 모습을 간직하고 있다. 그뿐만 아니라 '아버지,
어머니'에게 시인은 장애 여부를 떠나 언제나 온전한 한
존재로 사랑의 대상으로 남는다.

하늘이 요란스럽다
거칠게 쏟아지는 빗방울 소리에 잠을 설친다
진통이 시작되나보다
쉽게 멈출 것 같지 않다
시끌벅적 우르르 쾅 우르르 쾅쾅
산고의 진통과 같은 두려움과 공포 속에 창문이 흔들
린다
우렁찬 고통 소리에 하늘이 열리고 온통 늪이다

괜찮다 괜찮다 꿈속에 찾아온 어머니
안부를 묻는다
논밭의 흙보다 더 까맣게 탄 얼굴로
마당에 핀 꽃들을 아기처럼 가꾸셨던 어머니
고추 감자 가지 호박 등 자식 대하듯 만지고 키우셨다
고사리손으로 고구마 같은 어머니 손을 잡고
도란도란 나누던 이야기가 한 겹 한 겹 스치고 지나간다
밤은 여전히 아프고 나는 슬픈 눈으로 어머니 자궁 속
양수에 젖는다
고향 마당에서 두런두런 익어가는 소리와
알록달록 예쁜 꽃들이 어머니처럼 아름답게 수를 놓고
있다
몇 시간째 계속되던 진통이 멎는다
나는 재빨리 어머니 냄새를 더듬는다
또다시 어제와 오늘의 행간 속에 살아갈 이유를 찾는다
젖은 마음을 뽀송뽀송 말린다

—「장마 속 어머니」 전문

　날씨가 *끄물끄물*하면 환상통이 아니라 진짜 통증이 엄습한다. "산고의 진통과 같은 두려움과 공포 속에 창문이 흔들"리고 "우렁찬 고통 소리에 하늘이 열리고 온통 늪"으로 변한다. 이때 "꿈속에 찾아온 어머니"는 "괜찮다, 괜찮다" 다독이며 "안부를 묻는다". 이를 통해 시인은 "슬픈 눈으로 어머니 자궁 속 양수에 젖"어 든다. 모태에로의 회귀본능은 마치 죽을 것 같은 고통 속에서 인간

존재의 자기 보존을 위해 작동시키는 방어기제라 할 수 있다. 시인은 "고향 마당에서 두런두런 익어가는 소리와/ 알록달록 예쁜 꽃들이 어머니처럼 아름답게 수를 놓고 있"는 모습을 상상함으로써 진통을 멈추고 '어머니의 냄새'를 더듬으며 "어제와 오늘의 행간 속에 살아갈 이유를 찾는다", 이처럼 어머니와의 추억은 최상의 치료제이자 활력 회복제인 셈이다.

물론 이 마음은 세대를 이어 "살다보면 찾아올 허전한 구석들/ 서로,/ 꽃씨로 날아가 아프지 않고 외롭지 않게 피우길/ 간절히 기도하고 축복"(「꿀송이보다 달고 사랑스러운 딸, 거베라」)하는 행위로 전진한다. 시인은 어느날 고향을 찾아가 '이방인 아닌 이방인'의 눈으로 "감나무가 그늘을 드리우던 아, 그리운 나의 옛집"을 바라보기만 하지만, "새끼 꼬는 아버지와 우물가 어머니가/ 담벼락처럼 서로가 서로에게 등이 되었던 곳"(「그리운 청운리 82번지」)에서 자신도 누군가의 등이 되리라 마음을 다잡고 기도한다.

3

현대 미학에서 '연민sympathy'은 '숭고sublimity'의 의미를 적극적으로 반영하고 있다. 단순한 '동정'이나 '이해'의 차원을 뛰어넘어 그 상황에 직접 개입하려는 의지적 측면을 강조하는 셈이다. 미학이 아니라 사회학적으로 '연민'은 'sympathy'보다 'compassion'을 사용하는데, 이는 예수 그리스도의 수난과 열정(대속代贖)에의 헌신의 의

미를 반영하기 위한 세심한 배려의 결과라 할 수 있다.

　신계원 시인의 경우에는 공감하는 능력과 구원에의 열정이라는 두 측면에서 조화롭게 병행하는 것이 확연히 드러난다. 시인은 이를 바탕으로 '영광, 나의 어워즈', 즉 감사의 성대한 축제를 마련하는데 이는 "코로나와 치매와 장애와 스트레스가 깊숙이 뿌리내린 밭"을 "주님의 계획 속에 있는 걸작품, 숨은 보석들"의 전시장으로 바꾸기 위한 야심찬 계획이라 할 수 있다.

　　코로나와 치매와 장애와 스트레스가 깊숙이 뿌리내린
　밭에,
　　30대에 띄우지 못한 봉우리에 꽃이 피었다

　　무거운 터널을 뚫고 빛으로 새로이 거듭난 야생이
　　'코로나도 무섭지 않은 우리들의 이야기'로 대상을 차
　지했다
　　하여 감사를 담아 특이한 시상식을 계획하고,
　　연말 인생 대상을 수여한다
　　먼저
　　1. 38년간 희로애락을 함께한 시어머니께 요양원에 잘
　적응하라고 소망상을
　　2. 장애 아내와 치매 엄마를 섬기며 버팀목이 되어준
　남편에게 든든상을
　　3. 돌짝 밭에서도 바르게 성장해준 두 아들에게 듬직
　상을

4. 좋은 방향으로 내비게이션이 되는 형제에게 우애상을

5. 손발이 되는 활동지원사에게 열심상과 성실상을

6. 공동체 안에서 함께한 동료들에게 합동 베스트 커플상을

7. 신앙으로 빛과 소금 역할을 해준 믿음의 스승에게 소금상을

8. 추억으로 숨쉬게 하는 친구에게 우정상을

9. 100일 프로젝트 성경 통독에 참여한 극동방송님께 개근상을

10. 하나님을 더 가까이하라는 김장환 이사장님께 건강상을

11. 포도나무 예수님께 가지로 딱 붙어 있는 내게 참포도나무상을

12. 여기까지 인도하신 에벤에셀 하나님께 영광의 대상을

이상 12분께 축복의 상을 수여합니다

그 외 독특한 상은

나눔의 은사를 가진 공주님

크리넥스를 엄마 삼아 사역하는 내 친구 박선향 사모

의리상을 받기에 합당한 이경순 윤유정

이상 주님의 계획 속에 있는 걸작품, 숨은 보석

대상을 수상한 하나님께 영광을 돌립니다

                      —「영광, 나의 어워즈」전문

세계가 서둘러 각자의 문을 걸어잠그고, 병원마다 예방 백신 접종을 하기 위한 행렬이 장사진을 이루는 와중에서 시인은 밝게 인사할 수 있는 순간을 상상하고, 또 의지를 통해 실현하려는 존재의 기도를 시작으로 형상화한다. 그의 작품은 구체적으로, 또 실제로 우리가 전염병의 시기를 헤쳐나가는 데 일조했으리라 미뤄 짐작해볼 수 있다. 12사도가 온 세상으로 나가 복음을 전파했던 것처럼 시인이 '인생 대상'을 수여하는 이 행위는 무기력할 것만 같았던 '시', 나아가 문학이 시대와 인류에게 공헌하고 있음을 여실히 보여주는 귀감이라 해도 지나치지 않다.

영광, 나의 어워즈

지은이_ 신계원
펴낸이_ 조현석
펴낸곳_ 북인
디자인_ 푸른영토

1판 1쇄_ 2024년 10월 05일
출판등록번호_ 313 - 2004 - 000111
주소_ 121 - 842 서울 마포구 서교동 460 - 34, 501호
전화_ 02 - 323 - 7767
팩스_ 02 - 323 - 7845

ISBN 979-11-6512-097-9   03810
ⓒ 신계원, 2024